LETTRE
D'UN VOYAGEUR
A SON AMI,

OU

RÉFLEXIONS PHILOSOPHIQUES

SUR LA VILLE DE MARSEILLE.

Par M. Grimod de la Reyniere.

SECONDE ÉDITION.

AVIS DES LIBRAIRES.

DEPUIS l'année 1776 que M. Grimod de la Reyniere s'occupe de littérature, il a publié divers ouvrages, savoir:

En 1777 & 1778 le *Journal des Théatres* en société, avec M. *le Vacher de Charnois*, l'Homme de Lettres vivant le plus instruit & le plus exercé dans la littérature dramatique.

En 1780, le *Fakir* & plusieurs *Mémoires de Jurisprudence*.

En 1781 & 1782, le *Journal de Neufchâtel*.

En 1782, (comme Editeur) *le Flatteur*, Comédie de M. de Lantier, jouée au Théatre François, & qui s'y soutient avec honneur.

En 1783, *les Réflexions Philosophiques sur le Plaisir*, dont la troisieme édition, publiée en 1784, se vend 1 liv. 10 s. in-8°. broché.

En 1785, *la Lorgnette philosophique*, 2 vol. petit in-12. (L'édition est épuisée depuis long-temps, on en va bientôt donner une nouvelle en quatre volumes.)

En 1786, un *Mémoire* très-célebre à Paris *contre M. Fariau de S. Ange*. Il en a été fait deux éditions dans cinq jours. Cet ouvrage plus que piquant a fait exiler l'Auteur, par le ci devant baron, M. le Tonnelier de Breteüil, ministre-cheval, qui comme l'on sait n'aimoit pas plus la littérature que la liberté.

En 1787, divers articles dans *la Correspondance secrette de Neuwied*; & dans les *Affiches de Metz*.

En 1788. { *Peu de chose*, in 8°. prix 1 liv. 4 s.
{ *Une lettre sur Lyon*, prix 8 s.

En 1789 & 1790, RIEN, & pour cause.

En 1791, une *Lettre* de l'Auteur *à Mde. Desfroys*, sur des affaires de famille, in 8°. &c. &c.

Enfin, sans le sommeil léthargique où les lettres sont plongées depuis près de trois ans, M. Grimod auroit publié *ses Considérations sur l'art Dramatique*, ouvrage en 4 vol. in-8°., dont la souscription est toujours ouverte, (en attendant qu'elle soit remplie) à Paris, chez BELIN & PETIT; à Lyon, chez FAUCHEUX; à Marseille, chez FAVET; à Bordeaux, chez les freres LABOTIERE; à Béziers, chez ODEZENNE, &c. &c. Prix 15 l. dont on paie 6 l. en souscrivant; il coûtera 24 l. aux non-souscripteurs.

LETTRE
D'UN VOYAGEUR
A SON AMI:
OU
RÉFLEXIONS PHILOSOPHIQUES
SUR LA VILLE DE MARSEILLE.

Par M. GRIMOD de la Reyniere, *ancien Avocat au Parlement de Paris, membre des Académies de Rome & de Marseille, &c. &c.*

Multorum homines vidit & urbes.
HOR.

SECONDE ÉDITION, revue & corrigée.

A GENÉVE:
ET *se trouve à* PARIS,
Chez BELIN, BAILLY, DESENNE & PETIT, Libraires.
A Lyon,
Chez FAUCHEUX, Imprimeur-Libraire, rue Merciere.
A Marseille,
Chez FAVET, Imprimeur-Libraire, rue du Pavillon.
Et à Beziers,
Chez ODEZENNE, Imprimeur-Libraire, rue des Récollets.

M DCC XCII.

AVERTISSEMENT DE L'ÉDITEUR.

M. GRIMOD a publié, en 1788, une Lettre philosophique sur la ville de Lyon, à laquelle celle-ci peut servir de pendant & de *correctif*. Il en fera paroître succesivement une sur les principales villes de commerce de France.

Cette lettre sur Lyon est adressée à M. Mercier, homme de lettres célebre, *ci-devant* ami de l'Auteur.

> *Qui depuis.... mais alors il étoit vertueux.*
>   VOLT.

Celle-ci a été écrite à M. M...., Citoyen de Lyon, & que M. Grimod se plaît à nommer son ami.

Ce morceau lu par l'Auteur à la séance publique de l'Académie Royale des belles lettres de Marseille, le jour de la Saint-Louis 1791, y a obtenu un grand succès. Mais ce succès ne prouve rien, car comme l'a fort ingénieusement remarqué un membre très-distingué de cette académie, (M. Dominique AUDIBERT) c'étoit louer Psiché devant l'Amour.

M. Grimod a revu depuis cette lettre avec beaucoup de soin, & l'Éditeur a cru devoir y ajouter quelques Notes critiques, où le langage de la satyre se joint à celui de la vérité. *Fortiùs secat res* est depuis long-temps la devise de l'auteur. Il vaut mieux selon lui casser les vitres que les *noircir*.

Au reste, la rapidité avec laquelle les Lyonnois ont fait disparoître la premiere édition de cette lettre, prouve qu'ils sont dignes d'entendre la vérité, puissent-ils de même en profiter!

La Lettre de l'Auteur sur Montpellier *paroîtra dans le cours de cette année. Celles sur* Bordeaux, Rouen, Strasbourg, Beziers, &c. &c. *suivront de près.*

On publiera le plutôt possible *Moins que Rien*, suite de Peu de chose, ouvrage d'un genre absolument neuf.

L'Eloge de la Jalousie, est sous presse & paroîtra incessamment.

Les *Mémoires* sur la vie de l'Auteur paroîtront dès qu'il sera décédé.

LETTRE

D'UN VOYAGEUR

A SON AMI:

OU

RÉFLEXIONS PHILOSOPHIQUES

SUR LA VILLE DE MARSEILLE.

IL eſt donc vrai, Monſieur, que vous voulez faire
précéder le voyage que vous vous propoſez de faire à
Marſeille, de quelques-unes de mes remarques ſur
cette ville célebre. Je n'ai rien à refuſer à votre empreſ-
ſement, & le ſacrifice de mon amour-propre me coûte
peu, lorſqu'il eſt fait à l'amitié. Je vais raſſembler
dans un court eſpace les principales réflexions que
cette Cité floriſſante m'a fait faire. Vous ſavez que
je voyage plutôt en Moraliſte qu'en antiquaire, &
que je priſe plus une obſervation qui peint les
mœurs, qu'un monument qui atteſte une grande
vétuſté. N'attendez donc pas de moi des remarques en
ce genre. Je les bornerai à quelques notions qui m'ont
été communiquées, ſur l'état de Marſeille dans les

fièdles reculés, par un favant auffi aimable que communicatif (1).

LA tradition fait de Marfeille, une colonie de Phocéens, fondée 599 ans avant l'Ere chrétienne, l'an de Rome 154. A ce compte Marfeille exifteroit depuis 2990 ans, ce qui, comme l'on voit, date d'affez loin. Sans vouloir difcuter ce fait hiftorique, dont la politeffe défend (à Marfeille) de mettre en doute l'authenticité, nous nous contenterons de remarquer que cette ville mérita bientôt les furnoms glorieux de fœur de Rome, d'Emule d'Athènes, & de rivale de Carthage ; l'on conviendra que ce font là d'affez beaux titres de nobleffe. Marfeille, qui étoit alors une République, donna le jour, dès ce temps, à plufieurs grands hommes. Nous citerons feulement Pythéas, célèbre Aftronome. Ce nom en vaut bien d'autres. Il vivoit 354 ans avant JESUS-CHRIST.

Le fiège de Marfeille, par Jules Céfar, eft une époque mémorable de fon hiftoire. Il la fournit ; & la culture des lettres & des arts devint la confolation des Marfeillois devenus tributaires des Romains. On peut donc, fans trop d'orgueil, regarder Céfar comme le fondateur de l'académie de Marfeille, Touté autre fociété littéraire chercheroit en vain une origine plus illuftre.

Les dames Marfeilloifes fe font toujours diftinguées par leur patriotifme. Lors du fiège de Rome par les Gaulois, elles y envoyerent leurs bijoux dont elles s'étoient dépouillées pour la fecourir. Lors du fiège de Marfeille par Caraumandus, elles coupèrent leurs cheveux pour fournir des cordes aux arcs des affiégés. Ceux qui connoiffent l'amour des Françoifes pour la parure, conviendront qu'elles ne pouvoient faire de plus grands facrifices.

Vous trouverez facilement dans l'hiftoire par quelle

suite d'evenemens Marseille a passé sous la domination
des Comtes de Provence, & depuis sous celle des
Rois de France : mais dans toutes ces révolutions,
elle a toujours su conserver une grande partie de ses
privilèges. Aujourd'hui même que tous les privilèges
sont anéantis, il lui en reste encore de très-considé-
rables ; & c'est sur eux que reposent les bases de sa
splendeur. La liberté a toujours été le plus ferme
appui du commerce.

Si quelque ville en France peut donner une idée
de la capitale, c'est assurément, & l'on peut dire
exclusivement Marseille. Aucune autre ne m'a paru
ressembler autant à Paris, soit par la beauté de ses
rues, l'étendue de ses quais, la régularité de ses
édifices, l'activité toujours renaissante de sa nom-
breuse population, l'illumination régulièrement fas-
tueuse de ses maisons; soit par la liberté de ses mœurs,
l'heure de ses repas, la politesse de ses habitans, &
l'accueil qu'y reçoivent les étrangers qui y affluent de
toutes les parties du monde.

Chacun de ces objets demanderoit un article
séparé, & voudroit être traité avec une étendue que
ne comportent pas les bornes d'une simple Lettre.
Vous en jugerez bientôt par vous-même. Un coup-
d'œil vaut souvent mieux qu'une description, qui laisse
toujours quelque chose à désirer si elle est précise,
ou qui devient minutieuse, si l'on veut la rendre exacte.

Rien n'est comparable au coup-d'œil que présente
Marseille, en arrivant par la porte du Nord. Une
perspective de près d'une demi-lieue garnie de maisons alignées, & d'une architecture agréable : un
concours de monde que l'éloignement fait paroître
plus considérable encore ; tout vous donne, dès
l'abord, l'image d'une ville opulente, habitée par
un peuple toujours en action : & ces idées de

A 4

richeffe & de travail unies enfemble, fatisfont
l'ame du Philofophe obfervateur, qui fait par lui-
même que le bonheur & l'oifiveté n'ont jamais habité
enfemble.

Le peuple de Marfeille eft naturellement actif,
gai, vif & agiffant. Il fe livre au plaifir avec autant
d'ardeur qu'au travail, & paroît en général aimer à
fatisfaire avec magnificence tous fes penchants. Auffi,
toutes les claffes de la fociété annoncent-elles l'aifance
& le contentement, fruits ordinaires d'un commerce
bien dirigé. Comme l'argent fe gagne avec affez de
facilité, on le dépenfe de même ; & le trafic mari-
time, dont les bénéfices font toujours confidérables,
établit dans toutes les fortunes une circulation continuelle qui les alimente, & les vivifie fans ceffe.

La ville de Lyon que vous habitez eft peut-être
plus riche que Marfeille, & à coup fûr, elle eft plus
grande & plus peuplée. Cependant on n'y remarque
point cet air d'aifance qui fe peint ici fur tous les
vifages. Le luxe trop modéré s'y cache en quelque
forte fous les traits de la léfine (2), & les rues font
prefque défertes une partie de la femaine. C'eft que
le commerce de fabrique eft un commerce intérieur,
dont rien ne tranfpire au dehors. C'eft qu'un magafin
à Lyon peut renfermer de très-grandes valeurs dans
un fort petit efpace. C'eft que l'Ouvrier, fédentaire par
la nature de fon travail, attaché à ce travail par la
maniere même dont il en eft payé, & refpirant
toujours le même air, n'a ni cette fanté qui accom-
pagne l'exercice, ni cette fatisfaction qui annonce la
fanté. Fixé dès fon enfance fur un trifte métier, il
n'agit que mécaniquement, comme la machine qu'il
fait mouvoir. La fphère de fes idées eft étroite,
parce que leur cercle circonfcrit par la routine n'a
jamais occafion de s'étendre : c'eft le bœuf qui trace

chaque jour son pénible sillon , & qui parcourt sans cesse le même terrein.

Le Fabricant, lui-même, quoique né dans un état moins obscur, se ressent de cette stagnation morale dans laquelle il est condamné à vivre. Il est étranger à toutes les connoissances qui sont étrangères à son commerce (3) , & ce commerce minutieux est borné à sa ville , souvent même à son quartier.

Ajoutons que l'atmosphère humide , les brouillards épais qui environnent Lyon une grande partie de l'année , contribuent peut-être à y éteindre toute espèce d'imagination , en y relâchant les fibres de la pensée (4). Pour qu'un instrument résonne , il faut nécessairement que les cordes en soient tendues. Sans vibration point d'harmonie. A Marseille , au contraire , ces cordes sont dans une tension continuelle par des causes toutes différentes. La sécheresse du climat , la force du Soleil , tout concourt à donner de l'énergie aux sensations , & à rallumer sans cesse l'esprit & les sens : c'est une des raisons physiques de la vivacité , & de la gaieté de ses habitans.

LORSQUE l'on n'est jamais venu en Provence, on se fait une idée très-exagérée des inconvéniens de la chaleur. Je puis vous certifier que l'on en souffre beaucoup moins dans les pays chauds, que dans les climats du Nord , & qu'à Marseille sur-tout, elle est très-supportable. Quelle qu'y soit l'ardeur du soleil, elle est agréablement tempérée chaque jour par un vent frais & salutaire que le voisinage de la mer amène réguliérement ; aussi quoique le thermomètre s'y soutienne dans la canicule entre 20 & 25 degrés, (ce qui ailleurs seroit insupportable) on y trouve les soirées très-fraîches , & l'habit de drap s'y porte dans toutes les saisons. De plus, le grand soin que l'on met à tenir les appartemens exactement fermés, préferve les maifons de l'introduction de la chaleur. Il eft vrai que c'eft aux dépens du jour, & que les étrangers ont de la peine à s'accoutumer à cette obfcurité qui commande l'inaction. Mais une converfation agréable en dédommage, & l'on fait bien que pour parler l'on n'a pas befoin d'y voir.

Je confeillerois donc à tout homme fenfible à la chaleur, de venir paffer les étés à Marfeille, mais je n'engagerai jamais celui qui craint le froid à l'habiter l'hiver. Les mêmes précautions qui font prifes contre le foleil deviennent autant d'inconvéniens dans la faifon des frimats ; & j'aimerai toujours mieux paffer l'hiver en Ruffie qu'en Provence. J. J. Rouffeau, dont les paradoxes font fouvent des vérités, en confeillant de voyager l'hiver dans les pays froids, & l'été dans les climats chauds, afin de ne fouffrir ni de l'un, ni de l'autre, a prouvé qu'il avoit mieux réfléchi, que la plupart de ceux qui penfent le contraire.

Si vous étiez moins preffé d'arriver, & fi j'avois plus de temps pour écrire, j'aimerois à m'étendre ici fur le commerce de Marfeille, & je le ferois avec d'autant plus de complaifance, que cette matière offre un champ bien vafte à l'obfervateur. Quoi de plus admirable en effet que ce Port fans ceffe couvert d'une multitude innombrable de vaiffeaux, qui apportent les richeffes des quatre parties du monde, en échange des productions de notre fol & des réfultats de notre induftrie ! cette activité fans ceffe renaiffante de tout un peuple que ce commerce entretient, & qui trouve fon néceffaire dans notre fuperflu : ces fuperbes Magafins, dépôts des matières premières d'un luxe indifpenfable, &c. voilà ce qui frappe d'abord tout homme que la curiofité amène dans cette ville, qu'on peut regarder comme un des plus beaux temples élevés au Dieu du commerce.

L'OBSERVATEUR pouffe plus loin fes recherches. Après avoir admiré les effets, il aime à connoître les caufes, & cette connoiffance eft pour lui la fource d'une jouiffance nouvelle. Le commerce à Marfeille eft fondé fur une confiance qu'on peut dire fouvent illimitée, ce qui ajoute à l'étendue des affaires, mais nuit quelquefois à leur fûreté (5). Le Négociant livré à de vaftes fpéculations, calcule moins les dangers que les avantages. Content de commander avec fa plume aux deux mondes foumis à fes ordres, & tributaires de fon induftrie ; fans ceffe entouré d'agens, de calculs & de lettres, il lui refte peu de tems pour étudier toute la profondeur du cœur de l'homme : il fe plaît à fuppofer aux autres la probité dont il eft animé lui-même ; & perfuadé que le commerce ne peut exifter fans confiance, il aime mieux hafarder quelquefois la fienne, que de borner des fpéculations qui doivent accroître fa fortune, & ajouter à fon crédit. Telle eft la principale caufe des dangers qui environnent la place de Marfeille, & des malheurs qui trop fouvent en font la fuite. On doit dire cependant que ces malheurs font devenus plus rares, depuis que la circulation eft vivifiée par un furcroit de ces fignes repréfentatifs qui ne laifferoient rien à défirer, s'ils pouvoient infpirer un peu de confiance.

Si de fon comptoir nous fuivons le Négociant dans fon intérieur, vous trouverez en lui un homme aimable, gai, inftruit, d'un abord facile, & qui vit d'une maniere honorable (6). C'eft fur-tout dans ces délicieufes Baftides qui circonvalent Marfeille, & forment une feconde ville autour de fes murs, qu'on retrouve ce tableau dans toute fa vérité. Dégagé de tout souci, libre de toute occupation, c'est là que le Négociant provençal fait goûter dans toute leur étendue les charmes de la société, & ce plaisir qui suit le travail, & qui n'existeroit point sans lui.

Ce n'est pas que la ville n'offre aussi des amusemens. Je ne parlerai point du Jeu, plaisir de ceux qui ne sont pas capables d'en goûter d'autres, & qui devient souvent la source des chagrins les plus amers; il est par-tout trop en vogue pour qu'on se permette de déclamer contre, & de caractériser cette manie, qui n'est pas ordinairement celle des gens éclairés : mais l'homme d'esprit s'en dédommage par des plaisirs moins dispendieux & plus réels. Le Théatre de Marseille a long-temps été célèbre par le mérite des sujets, le choix des pièces, & l'affluence des spectateurs. C'est au public à juger, si depuis le nouvel ordre de choses, il a droit encore aux mêmes éloges. Je me borne à vous annoncer que vous y passerez des heures agréables, & que vous y verrez quelques comédies bien jouées. Quant aux pièces à Ariettes vous savez que ce n'est pas mon genre ; vous ne les aimez pas plus que moi, & plût à Dieu qu'elles ne fussent pas plus du goût du public que du nôtre !

Outre le grand théatre, vous en trouverez ici un autre sur lequel je ne me permettrai aucune réflexion. L'ami des mœurs & l'homme de goût auront toujours soin de ne s'y montrer que rarement.

La vivacité naturelle des Marseillois leur rend chere la culture des arts agréables. La Peinture, la Poésie, la Musique, ont ici de nombreux amis, & l'on y compte des Amateurs qui pourroient passer pour Artistes. Tout homme qui possède un talent est bien venu à Marseille ; le goût des arts, l'aménité, la franchise, & l'hospitalité aimable sont les vertus du terroir.

Vous trouverez dans tous les itinéraires la lifte des curiofités, des tableaux, des monumens, des fabriques que cette ville renferme, & qui font en grand nombre. Les cabinets particuliers font ouverts avec beaucoup de politeffe & de facilité à l'étranger curieux de s'inftruire, & des poffeffeurs très-éclairés en font les honneurs avec grace. Il eft beau de voir des fortunes acquifes par le Commerce, confacrées enfuite à faire fleurir les Arts, & c'eft une fatisfaction dont on jouit fouvent ici.

Je vous ai dit en commençant un mot de l'Académie. Un éloge de cette compagnie célèbre feroit peut-être fufpect dans la bouche d'un homme qui a l'honneur d'en faire partie. Il vous fera facile d'y fuppléer en vous faifant repréfenter la lifte de fes membres & le Recueil de fes travaux. Vous verrez que peu de compagnies littéraires ont mieux fervi les fciences & plus mérité de l'eftime & de la reconnoiffance publiques.

Je paffe fous filence une infinité d'objets dont vous jugerez mieux par vous-même, que par mes obfervations. Il en eft un cependant dont vous me gronderiez de ne vous avoir pas entretenu, ce font les Femmes. C'eft un reproche que je ne veux point mériter, & auquel il me fera doux de me fouftraire.

Les Marfeilloifes font en général belles, bien faites, agréables, & leurs grands yeux noirs, en exprimant beaucoup de chofes, femblent en promettre davantage encore. Elles ont l'air gracieux, la démarche libre, le ton aifé, & beaucoup de piquant dans la phyfionomie. Elles fe mettent avec affez de goût; mais quoiqu'elles paroiffent aimer beaucoup la parure, on fent qu'elles pourroient fe parer avec plus d'avantage encore : voilà pour l'extérieur. Quant à leur caractère, j'avoue que je n'en ai pas fait une affez longue étude, pour pouvoir juger de leurs bonnes qualités, ou de leurs défauts. Vous les trouverez vives, aimables, enjouées, spirituelles ; c'est plus qu'il n'en faut pour rendre leur société très-séduisante. Les ménages paroissent assez unis, peut-être parce qu'il y règne de part & d'autre une très-grande liberté. C'est au moraliste à marquer le point où la complaisance réciproque doit s'arrêter ; l'Observateur s'en tient volontiers aux apparences agréables, & dans une matière aussi délicate, il vaut mieux effleurer qu'approfondir.

La tranquilité rarement troublée dont on jouit à Marseille, fait l'éloge de son administration & de sa police. On désireroit peut-être que sur quelques points cette police fût plus exigeante. Il en est un surtout qui frappe les étrangers d'abord, & dont vous vous appercevrez facilement le soir même de votre arrivée. Mais comme c'est une de ces choses qu'il est plus aisé de sentir que d'exprimer, je ne m'appésantirai pas là dessus plus long-temps (7).

De toutes ces observations jetées sur le papier sans ordre & à la hâte, vous concluerez que Marseille est une des villes dont le séjour est le plus agréable. L'Artiste, l'Homme de lettres, le Négociant, l'homme de plaisir, le Gourmet & le voluptueux trouvent chacun à s'y satisfaire : mais il faut sans cesse y pratiquer la maxime *Uti non abutere* ; car sans elle le plaisir se change presque toujours en douleur, & vous savez que dans cette carrière l'excès est trop voisin de l'usage, pour qu'il ne soit pas souvent plus facile de s'abstenir que de s'arrêter.

J'ai l'honneur d'être, &c.

GRIMOD DE LA REYNIERE.

Notes de l'Éditeur.

(1) M. Groſſon , Notaire , membre des Académies de Marſeille & de Lyon , &c. eſt un des hommes les plus ſavans & les plus honnêtes. Il a publié divers ouvrages qui juſtifient cette première qualité ; & l'accueil dont il honore les étrangers qui arrivent à Marſeille , & qui lui ſont preſque tous adreſ-ſés , prouve chaque jour la ſeconde. Il eſt impoſſible de s'ennuyer avec lui : ſa converſation érudite & ſavante , eſt égayée par un eſprit naturel , plein de vivacité & d'agrémens. Quant à ſes qualités morales , il eſt l'ami de M. le Comte de Fortia de Pilles , ce mot ſuffit à ſon éloge.

(2) Il eſt certain que les mœurs de Lyon & celles de Mar-ſeille offrent moins de rapports que de contraſtes. Sans vouloir les juger ni prétendre donner à l'une de ces deux villes une préférence plus ou moins déſobligeante pour l'autre , nous nous bornerons à dire, qu'à Marſeille l'avarice ſe cache ſous des dehors aimables , & qu'à Lyon l'on a l'air d'en faire gloire. Lyon eſt à beaucoup d'égard au rang des plus petites villes de Province : on y dîne à une heure ; on y médit ſans ceſſe ; on y épie toutes les actions des autres ; on n'y fait obliger perſonne ; *on n'y donne jamais à manger*, &c. &c. A Marſeille , au con-traire , on ſuit l'ancien ton de Paris , qui eſt le ſeul bon , & le ſeul raiſonnable : on y dîne à trois heures, on ne s'y occupe ni des actions , ni des diſcours des autres ; on y traite tout grandement ; on y eſt hoſpitalier , affable , &c. Reſte à ſavoir ſi l'uniformité de la vie de Lyon n'eſt pas faite pour plaire davantage aux eſprits routiniers , que le tracas vif & brillant de Marſeille : ce qu'il y a de ſûr, c'eſt que l'homme d'eſprit placé entre ces deux villes ne ſera pas long-temps ſans faire un choix.

(3) Rien de plus ignorant, de plus ſale & en général de plus fripon que le fabricant de Lyon. Tirez-le de ſa ſoie , c'eſt un véritable Topinambou. L'Hiſtoire , la Géographie , les belles Lettres, lui ſont également étrangeres ; il ignore & com-ment on parle ſa langue , & comment on l'écrit ; il ſait à peine lire , & ne calcule que par ſes doigts. Enfin , le Lyonnois qui n'a pas voyagé, eſt dans un état d'ignorance craſſe bien fait pour dégoûter de ſa ſociété tout homme qui a un peu d'eſ-prit , d'éducation & de lumieres.

(4) Le fabricant de Lyon n'a jamais été & ne ſera jamais négociant. Il n'y en a pas un qui oſe expédier en droiture une piece de ſatin , ni courir les riſques d'une créance de dix lieues. Petit dans ſes ſpéculations comme dans ſon travail , il achete la ſoie dans une rue, la donne à fabriquer dans une autre, &

la vend dans une troifieme à des commiffionnaires plus habiles
& moins craintifs. C'eft en un mot un véritable boutiquier ; &
le moindre épicier de Marfeille donneroit des leçons de commerce au plus fameux fabricant de Lyon. On fent aifément
qu'un pareil genre de négoce rétrécit l'efprit, rapetiffe l'ame &
endurcit le cœur.

(5) Rien n'eft plus admirable & ne donne une plus haute
idée du commerce de Marfeille, que la maniere dont s'y traitent
les affaires. Les comptoirs s'ouvrent à neuf heures ; des cour-
tiers, qui font les entremetteurs de tous les marchés, circulent
jufqu'à midi, armés de nombreux échantillons. C'eft fur ces
montres que fe font tous les achats. A midi & demi on fe
rend à la Bourfe. C'eft là que les Négociants fe voient s'abouchent
& que les affaires fe terminent. A trois heures tout eft fini ; l'on
va dîner en famille ; & le refte du jour eft confacré aux plaifirs,
toujours très-piquants, fous un ciel auffi pur, & dans un climat
auffi conftamment aphrodifiaque.

(6) C'eft fur-tout dans ces maifons de campagne appellées
Baftides, que le Marfeillois deploie fa magnificence, & fe livre
à fes goûts fenfuels & recherchés. C'eft là qu'il aime à recevoir
les étrangers & fes amis, à partager avec eux fon opulence
& fes loifirs. Ces Baftides font diftribuées avec goût, & celles
qui avoifinent la mer à l'orient de Marfeille font vraiment
délicieufes. On va voir fur-tout le Château-Borely. C'eft un
abrégé de ce que l'art, fecondé par la nature, peut offrir de
plus féduifant & de plus agréable. Que l'on compare la magnificence des Négociants de Marfeille dans leurs jolies campagnes,
avec la léfine infupportable des Lyonnois dans leurs boueux
& fales repaires, & l'on aura bientôt fait fon choix. Au refte,
les éternels brouillards de Lyon, en y retardant les progrès
de l'efprit, de l'aménité & des arts, pourront auffi fervir
d'excufe à la fotte mauffaderie des neuf dixièmes de fes triftes
habitants. C'eft fans doute chez eux un vice involontaire.

(7) On voit que l'Auteur veut parler ici des *paffas-rés*,
ufage fort dégoûtant, & qui fait toutes les nuits des rues de
Marfeille de véritables cloaques. Il eft vrai que le Port & le
Cours font refpectés, & qu'on peut s'y promener fans incon-
vénient à toute heure. Mais on n'en fera pas moins toujours en
droit de reprocher aux Magiftrats de Marfeille leur indifférence
fur un article qui intéreffe autant la falubrité publique. Une
ordonnance qu'on feroit exécuter avec févérité, & que tous
les honnêtes gens attendent & follicitent, réformeroit en peu
de temps cet abus, & rien ne manqueroit alors pour faire de
Marfeille un féjour vraiment enchanté.

F I N.